ÉLOGE

DE

LA CLÉMENCE.

ÉLOGE

DE

LA CLÉMENCE,

POËME

QUI A CONCOURU POUR LE PRIX DÉCERNÉ

PAR LA SOCIÉTÉ D'ÉMULATION DE CAMBRAI,

PAR Alexandre LECOINTE.

A LAON,

DE L'IMPRIMERIE DE MADAME MARCHANT-DEVILLERS.

1818.

ÉLOGE

DE

LA CLÉMENCE.

———

TOI qui reconnaissais le germe des talents,
A ces élans heureux, à ces transports brûlants,
O vieillard de Fernex! ô célèbre VOLTAIRE!
Accours, mon Maître, accours sous mon toit solitaire;
Entends ma voix : je veux, dans mon travail nouveau,
Aux feux de ton génie allumer mon flambeau.
Si ton soin sut toujours stimuler un Poète,
Des plus vives couleurs enrichis ma palette;

Que par toi més efforts soient enfin couronnés;

Viens prêter la vigueur à mes sens étonnés,

Fais-moi voir des beaux vers la céleste magie,

Et donne à mes pinceaux la force et l'énergie.

Sensible FLORIAN, ce grand homme t'aimait;

Il t'appelait son fils; ton bon cœur le charmait!

Viens m'inspirer..... ô ciel! hideuse mort, arrête!

Quoi! VOLTAIRE n'est plus, et ta fureur s'apprête

A nous ravir son fils, objet de nos amours!....

Vœux, hélas! sans succès, inutiles discours!....

FLORIAN meurt..... Eh bien! j'irai, j'irai moi-même

Donner encor des pleurs à ces Auteurs que j'aime.

Où sont-ils? Apollon, dis-moi ce grand secret?

Quand c'est le cœur qui parle, on n'est point indiscret.

Dis, où sont ces Héros, ces Écrivains célèbres

Qui, par leurs grands talents, ont percé les ténèbres,

Et dont le nom illustre, à jamais respecté,

Parviendra d'âge en âge à la postérité?

Apollon, réponds-moi : tu vas parler, j'écoute.

« Jeune homme, viens, suis-moi sous cette aimable voûte:

» Vois-tu ces beaux lauriers, en festons suspendus?

» Sens-tu dans ces berceaux ces parfums répandus?

» Suis-moi : je te chéris; moi-même à ta naissance

» Ai voulu présider; tu connais ma puissance.

» Quand le Maître des Cieux vint te donner le jour,

» J'appelai mes neuf Sœurs : quittez votre séjour,

» Leur dis-je, hâtez-vous, venez voir ce Poëte,

» De ce jeune laurier ornez sa jeune tête.

» Le vice un jour par lui doit être combattu;

» Son cœur, comme GESSNER, chérira la vertu. »

O divin Apollon, que j'aime et que j'adore,

Cet éloge charmant, dont ta bonté m'honore,

En suis-je digne? oh! non : hélas! trop faible encor,

Je ne puis, dans les airs, prendre un rapide essor.

Je ne puis célébrer, dans des vers énergiques,

De ces Rois bienfaisants les longs panégyriques,

De ces Rois qui, chéris par leurs talents vainqueurs,

De leurs sujets soumis ont conquis touts les cœurs.

Mais du moins la vertu sera toujours mon guide,

Et je pourrai braver, sous sa puissante égide,

Le poison de l'envie et les traits des méchants;

Elle viendra toujours présider à mes chants.

Apollon, montre-moi FLORIAN et VOLTAIRE!

Je brûle de leur rendre un hommage sincère;

Conduis-moi vers les lieux qu'habitent ces Héros.

« Avançons : les vois-tu sous ces épais berceaux ?

» Virgile ici retouche à son divin Poëme ;

» Là, le savant Homère instruit les Grecs qu'il aime ;

» Vois le Grand Frédéric, ce Philosophe-Roi ;

» Là, le Tasse, avec feu, célèbre Godefroy ;

» Vois l'aveugle Milton, près de son Antigone.

» C'est assez ; franchissons cette verte colonne ;

» Suis mes pas ; descendons sous ces bosquets fleuris :

» Vois Florian, Voltaire, Auteurs que tu chéris !

» Le jeune Florian récite à ce grand homme

» La vie et les exploits du second Roi de Rome :

» Voltaire de Numa rehaussé les bienfaits ;

» Il couvre de baisers son cher Florianais (*) ;

» Il lui parle...... — Apollon, ah ! daigne me permettre

» D'entendre, en ce moment, la voix de ce grand Maître ?

» Ecoute, je le veux, ce discours si touchant.

— Mon cher Florianais, j'admire ton penchant,

Tu prends l'honneur pour guide et la vertu pour base :

Vois-tu , ton feu divin et m'échauffe et m'embrase.

(*) C'est ainsi que Voltaire appelait Florian.

-Dans ta vie , ô mon fils, tu connus le malheur !
Mais non , tu fus heureux : il te restait un cœur.
Ainsi que tu vécus , tu sus mourir en sage,
Et les vertus en pleurs te rendirent hommage.
La mort trancha tes jours ; mais , mon fils , en touts lieux,
On lira les écrits de l'homme vertueux.

— Illustre Patriarche , ô vous que je révère,
Vénérable vieillard que j'aime comme un père !
O vous qui succombiez sous le poids du savoir ,
C'est en vous imitant, que je fis mon devoir !
Toujours pendant ma vie , assistant l'indigence ,
J'allais sécher les pleurs de la tendre innocence ;
« Voltaire est mort ! le pauvre a perdu son appui ;
» Faisons le bien , disais-je , et vivons comme lui ».

Apollon , laisse-moi ; je cours, rien ne m'arrête.
Voltaire , Florian , si le jeune Poëte
Vit toujours , par vos soins , stimuler son orgueil ,
Ah ! daignez m'honorer d'un favorable accueil.
Souvent , au fond d'un bois , cherchant la solitude ,
J'allais , sans nul témoin , me livrer à l'étude :
J'admirais la nature et sa riche splendeur ;
Tout captivait mes sens et récréait mon cœur.

La rose, le gazon, le ruisseau, le feuillage,
Des oiseaux folâtrants l'harmonieux ramage,
L'haleine du zéphir se jouant sur la fleur,
Tout semblait ajouter un charme à mon bonheur.
Dieux ! avec quel plaisir j'aimais à voir encore
Le lever bienfaisant de la riante aurore !
Tout fixait mes regards : ici, frais et dispos,
Le berger dans les champs ramène les troupeaux ;
Là, Tityre quittant son épouse chérie,
Vient faucher le gazon dans la verte prairie ;
Ici, recommençant ses pénibles travaux,
Philémon vient tracer mille sillons nouveaux ;
Là, la jeune Cloé, plus fraîche que la rose,
Sur son beau sein de lys, place la fleur éclose,
Et vient se présenter à Daphnis enchanté
Qui vante avec transport l'éclat de sa beauté.

Illustres Ecrivains que j'aime et que j'admire,
Daignez en ce moment excuser mon délire !
De votre ardent génie un rayon précieux
Semble, par son pouvoir, m'élever jusqu'aux cieux.
Pardonnez à mon cœur, pardonnez à mon âge.

— Mon cher fils, ce beau feu m'est d'un heureux présage,

Il est un sûr garant des talents généreux.

Jouis de ce présent que t'accordent les Dieux :
Cultive chaque jour la belle Poésie,
Loin des traits des méchants, loin de la jalousie :
Fuis les appâts trompeurs du riche fastueux ;
On n'a besoin de rien, quand on est vertueux.
La vertu fut toujours le plus bel apanage,
Elle enrichit le pauvre, elle ennoblit le sage ;
Continue, ô mon fils, à chanter sa douceur !
La plume est, de tout temps, l'interprète du cœur.

Dieu puissant des Beaux-Arts, seconde mon délire !
Pour chanter la vertu, viens me prêter ta lyre :
Pour faire ressortir ses célestes bienfaits,
Des hommes distingués rapporte quelques traits ;
Viens, aborde avec moi cette carrière immense,
Soutiens mon vol, je vais célébrer la Clémence.

Digne fille de Dieu, dont elle tient ses droits,
La Clémence toujours fut la vertu des Rois :
C'est par elle que l'homme approche de son maître.

Voici l'homme clément, j'aime à le reconnaître.

Sur sa bouche se place un sourire enchanteur ;

La joie est dans ses yeux et la paix dans son cœur ;

Cent fois il se rappelle, en tressaillant d'ivresse,

Tout le bonheur qu'il eût d'excuser la faiblesse

De ce coupable en pleurs embrassant ses genoux.

Est-il un souvenir plus céleste et plus doux ?

Aussi se promet-il de savourer encore

Ce plaisir intérieur que l'égoïste ignore.

Il se souvient que Dieu dit aux premiers parents :

« Vous vivrez touts heureux si vous êtes cléments. »

Adam sait obéir : n'est-il pas encore père ?

Il pardonne à Caïn, meurtrier de son frère.

O ! comme à ce penser se dilatent les sens !

Les vertus ont toujours des attraits si puissants !

Certes, l'homme clément est un Dieu tutélaire :

Il ne vit point pour lui, mais pour toute la terre.

Lorsqu'il veille, il jouit du bien qu'a fait son cœur ;

S'il ferme l'œil, il dort sur l'aile du bonheur.

Voyez se promener, dans sa vaste opulence,

Ce riche fastueux étalant l'élégance ;

Voyez-le traverser sous ces arbres épais.

Y vient-il pour rêver et respirer le frais ?

Non : le remords l'agite , et , rongé par l'envie ,

Au fond des bois muets il exile sa vie :

Et moi , la lyre en main , plus heureux chaque jour ,

J'admire ces forêts et leur riant séjour ,

Et livré tout entier aux Muses que j'adore ,

Je lui fais le tableau d'un bonheur qu'il ignore :

« Eh! quoi, vil fainéant , lui dis-je avec mépris ,

» De tout ce que tu vois, tu n'es donc pas surpris ?

» Contemple avec respect ces voûtes de feuillages ,

» Ces berceaux suspendus, ces odorants treillages !

» Entends-tu ces oiseaux dont les chants gracieux

» Fatiguent à-la-fois les échos et les cieux ?

» Vois-tu ce clair ruisseau qui roule en paix son onde

» Et semble prolonger sa course vagabonde !

» Ainsi passent tes jours, et demain, d'autres eaux

» Auront baigné les pieds de ces épais berceaux ,

» Demain , mortel abject , tu n'auras pas encore

» Allégé le malheur du pauvre qui t'implore.

» Je fais de vains efforts pour parler à ton cœur :

» Je te fuis , je te laisse avec ton déshonneur.

» Rien ne paraît aimable à qui hait la nature ».

Ainsi du fainéant j'ai tracé la peinture :

J'avais trop entendu ses blasphêmes affreux :

« Opulent, disait-il, que je me trouve heureux !

» Aujourd'hui la richesse est l'unique mobile :

» Esprit, talents, honneur, mots vains, titre inutile.

» On hait l'humble mortel qui n'a que ses vertus :

» Quand on est riche en biens, il ne faut rien de plus ».

Mais on peut d'un seul vers définir la CLÉMENCE.

Cette vertu pardonne, en oubliant l'offense.

Quelle mer de pensers renferment ces seuls mots !

Epanchant les trésors de ses bienfaits nouveaux,

La CLÉMENCE à ses lois soumet l'homme sensible.

Il s'était bien promis de rester inflexible;

Mais il voit son semblable accablé de malheurs,

Pourra-t-il plus long-temps résister à ses pleurs ?

Non : pour lui le pardon est un devoir auguste,

Il s'est montré clément, sans cesser d'être juste.

O Rois, disait SADI, montrez-vous généreux,

Craignez sur-tout, craignez les cris des malheureux!

L'innocent opprimé, dans sa douleur profonde,

Peut, par un seul soupir, remuer tout le monde.

Suivez donc ce précepte où brille le bonheur.

L'excès est un défaut en tout , dit un Auteur :
Combien il s'est trompé ! L'excès de la CLÉMENCE
N'a jamais d'un grand cœur pu ternir l'excellence.

L'Empereur Marc-Aurèle, Emule de Titus,
Disait que l'on devait égaler les vertus ;
Qu'il ne refusait point d'accorder sa CLÉMENCE
A ceux qui réclamaient sa noble bienveillance :
Il portait pour devise admirée en tout lieu :
Triompher est d'un homme , et pardonner, d'un Dieu.

Comparons la CLÉMENCE à cette source claire
Qui coule mollement en fécondant la terre ,
Ou bien à ce breuvage avec soin apprêté ,
Qui ranime le corps et lui rend la santé :
La CLÉMENCE a de même un pouvoir efficace.

Qui ne sait pardonner, n'est pas digne de grâce.
Soyez juste et clément : par vos bienfaits soumis ,
Vous verrez à vos pieds tomber vos ennemis ;
Et bien loin d'en tirer une illustre vengeance ,
Montrez un cœur plus grand , pardonnez leur offense.

O CLÉMENCE admirable ! ô sublime vertu !
Sans toi, dans l'Univers , point de bonheur connu,

Le sage , homme de bien , qui par-tout te réclame,
Trouve en toi le repos avec la paix de l'âme ;
Il jouit : en effet, l'homme est-il vertueux,
Il possède le bien qui comble touts ses vœux.
Son grand cœur n'est jamais tourmenté par l'envie ;
Les desirs inquiets ne troublent point sa vie.
Il ne redoute rien : il ne craint point encor
Qu'on vienne lui ravir son plus riche trésor,
Et la légèreté de l'aveugle Déesse
Ne peut rien sur ce bien qu'il possède sans cesse.

Dans cet état heureux, qui pourrait, de son cœur,
Troubler un seul instant le durable bonheur ?
La perte des honneurs ? n'est-il pas impassible?
Le mépris ? sa grande âme y demeure insensible.
La perte de ses biens? il n'y pense jamais.
La noire calomnie ? il dédaigne ses traits.
La douleur ? elle sait affermir son courage.
La mort ? elle lui trace un bonheur sans nuage.
Que les destins jaloux et des revers affreux
L'arrachent tout-à-coup d'un poste glorieux ,
Que ses biens soient perdus ou qu'on les lui ravisse,
Qu'il soit à chaque instant en butte à l'injustice,

Qué, sur ses actions, l'envie, au cœur d'airain,
Epanche goutte à goutte un fétide venin,
Que son corps soit en proie aux maux, à la torture,
Que par-tout contre lui se ligue la nature:
Supérieur à tout, surmontant les tourments,
Toujours égal, peut-il changer de sentiments?
Jamais de tout son poids la douleur ne l'accable;
Au milieu des dangers il est inébranlable;
Que dans ses fondements s'écroule l'Univers,
Intrépide, il mourra dans ses flancs entr'ouverts.

Si l'homme vertueux éprouve quelque crainte,
C'est celle de son Dieu qu'il aime sans contrainte;
Et, sujet exclusif du souverain Seigneur,
D'adorer ses décrets il se fait un honneur.
Belle soumission, crainte heureuse, admirable,
Qui de tout son repos sont la base immuable!

O ! combien la Clémence assure de douceurs !
C'est par elle qu'un Roi règne sur touts les cœurs.
Sans doute la Clémence est sa vertu première,
Puisque de ses sujets il doit être le Père.

Un cœur grand et sensible, un cœur vraiment Français,
Du Consul Manlius admira-t-il jamais

La conduite à la fois détestable et sévère ?
Peut-on un seul instant oublier qu'on est Père ?
Si du moins la nature, en ses soins prévoyants,
A tracé de sa main les devoirs des enfants,
Si sa loi leur prescrit l'entière obéissance,
Aurait-elle aux parents interdit la CLÉMENCE ?
O vous, pères ingrats, qui vous faites haïr,
Qui, toujours violents, ne savez que punir,
Ne vous étonnez pas si, remplis d'arrogance,
Vos enfants cherchent tant à fuir votre puissance!
Voulez-vous qu'ils vous soient sincèrement soumis ?
Soyez bons envers eux ; faites-en vos amis ;
Semez de mille fleurs leur chère destinée ;
Soyez enfin Anchise, et vous verrez Enée.

L'épisode pourra relever mes accents
Et prêter à mes vers de nobles sentiments.

Théodore brûlait pour l'aimable Sylvie :
Il jurait mille fois de lui donner sa vie.
Le jeune Théodore, à peine à son printems,
Joignait à la douceur la grâce et les talents :
On eût dit que dans lui la prodigue nature
Avait d'un cœur parfait épuisé la peinture.

Sylvie avait quinze ans : belle, sans vanité,
Cette jeune bergère ignorait sa beauté,
Et, modeste sans art, simple sans artifice,
N'avait jamais connu l'attrait de la malice.
Le berger l'adorait, et Sylvie, à son tour,
L'aimant avec transport, le payait de retour.
De l'amour, dans son sein, elle portait le gage.
La nouvelle bientôt court dans le voisinage :
Déjà ce bruit parvient aux oreilles d'Aimard :
« Ma fille, qu'as-tu fait, s'écriait ce vieillard !
» Ta faute va sans doute (hélas ! je le présume,)
» Verser sur mes vieux jours la coupe d'amertume.
» Je vivais respecté dans ce simple hameau,
» Faut-il perdre l'honneur sur le bord du tombeau ! »
Il dit, donnant l'essor à ses justes alarmes,
Il gémit, et ses yeux sont inondés de larmes.
Mais bientôt la bonté fait place à la douleur,
Et l'amour paternel vient ranimer son cœur.

Quelquefois, dans les champs, Théodore et Sylvie
Se répandaient en pleurs sur les maux de la vie.
» J'ai causé ton malheur ! Que tu dois me haïr !
» S'écriait le berger : Dieu saura m'en punir.

» Je suis jeune, sans biens : ton père, riche encore,

» Voudra-t-il marier sa fille à Théodore,

» Quand pour elle peut-être, en père officieux,

» Il a le droit d'attendre un parti plus heureux.

» — Cruel, peux-tu penser que mon cœur qui t'adore,

» Puisse un instant cesser de chérir Théodore ?

» Ah ! je te l'ai juré, ce cœur suivra ma main.

» Un père envers son sang peut-il être inhumain !

» Non : il verra mes pleurs ; il y sera sensible ;

» A ses pieds je mourrai, s'il demeure inflexible ».

Cependant le soleil, sur l'horison en feux,

Venait de terminer son cours majestueux,

Lorsque les deux amants, par un baiser de flamme,

Se quittent, et touts deux paraissent changer d'âme.

De sa faute Sylvie, ignorant que le bruit

Est déjà parvenu jusqu'au vieillard instruit,

Entre sans hésiter : un regard de son père

Dans lequel se peignaient l'amour et la colère,

L'éclaire sur son sort : elle tombe à genoux :

» O Dieu, punissez-moi ! de tout votre courroux,

» Respectable vieillard, je sens que je suis digne ;

» Mais daignez m'accorder une faveur insigne ;

» Faites que cet enfant que je porte en mon sein

» Ne puisse un jour, hélas ! maudire son destin !

» Mon père, tu souris !... Dans ta vive tendresse

» Tu veux sécher mes pleurs, excuser ma faiblesse !...

» Tu mêles tes baisers à mes baisers brûlants !..

» Vois-tu comme mes pleurs mouillent tes cheveux blancs?

» Ah ! tu m'aimes encor ! Sylvie infortunée

» Peut-elle, par un père, être aux maux condamnée?

» Non : le ciel, dans tes yeux, imprimant le pardon,

» Fait contre la rigueur triompher la raison.

» Relève-toi, ma fille : en moi ton cœur espère.

» Dieu ne m'a point donné le beau titre de père

» Pour que je l'avilisse en usant de rigueur.

» Voulons-nous être aimés, employons la douceur.

» Irai-je en ce moment, comme un juge sévère,

» Bannir loin de mes yeux une fille si chère ?

» Non, Sylvie, à ton sexe on doit tout pardonner;

» Il est faible, sensible et sur nous sait régner.

» Je veux que, dès demain, le jeune Théodore

» Soit uni pour jamais à celle qu'il adore.

» Ses parents sont sans biens, je veux les rendre heureux.

» Les hommes sont égaux, lorsqu'ils sont vertueux.

» Tu chéris ton époux , sois soumise, sois sage :
» Elève, de l'amour, le présent et le gage :
» Je puis encor bénir le toit de mes aïeux,
» Mes petits-fils un jour m'y fermeront les yeux ».
Tel est donc ton pouvoir, ô divine CLÉMENCE !
Tu rendis le bonheur à l'aimable innocence.

Qui n'admirerait pas ce Prince généreux
Qui ne se plut jamais qu'à faire des heureux,
Qui , versant les bienfaits d'une main tutélaire,
Fut de touts ses sujets le vainqueur et le père ?

Dans le cœur de leur peuple est le trésor des Rois,
Disait fort sensément Philippe de Valois :
Heureux celui qui sait régner par la CLÉMENCE !
J'aime mieux être Roi des Français que de France.
O Rois, soyez toujours humains et bienfaisants !
Quand le peuple est heureux, les princes sont puissants.
En conquérant les cœurs, on se couvre de gloire.

Je pourrais, compulsant les fastes de l'histoire,
Retracer avec soin mille faits glorieux
Dont se sont illustrés tant de Rois généreux,
Qui, durant huit cents ans , ont gouverné la France.
Ils se faisaient honneur de suivre la CLÉMENCE.

Mais, portons nos regards sur ce Roi bienfaisant
Qui rend, par ses vertus, son règne florissant ;
A son peuple chéri rendu par un miracle,
S'agit-il d'être bon ? il lève tout obstacle.
Comme un père indulgent, il aime les Français
Et compte chaque jour par de nouveaux bienfaits ;
Il verse les trésors de sa bonté propice,
Cicatrise les maux d'une main protectrice,
Et toujours attentif à calmer le malheur,
Entre touts ses sujets il partage son cœur :
Son peuple le chérit ; en lui seul il espère,
Et comme son Aïeul, LOUIS est notre père.

Trop jeune, je ne puis chanter tant de vertus ;
Mais, puissent mes efforts n'être pas superflus !
Veuille bien le Lecteur m'accorder sa CLÉMENCE ;
Je serai trop payé d'un souris d'indulgence.

Paris, 12 Novembre 1818.

MONSIEUR, j'ai reçu, avec votre lettre du 6 courant, le Manuscrit du POÈME que vous avez composé SUR LA CLÉMENCE. Je vous remercie de cette communication.

Je viens de décider qu'une gratification de 300 francs vous serait accordée sur les fonds généraux du Ministère. Cette somme sera ordonnancée au nom de M. le Préfet de l'Aisne.

Je vous renvoie le Manuscrit que vous m'aviez communiqué.

J'ai l'honneur de vous offrir, Monsieur, l'assurance de ma considération,

LE MINISTRE SECRÉTAIRE-D'ÉTAT DE L'INTÉRIEUR,

LAINÉ.

SOCIÉTÉ D'ÉMULATION DE CAMBRAI.

EXTRAIT

DU RAPPORT FAIT, AU NOM DE LA COMMISSION DE POÉSIE, SUR LE CONCOURS DE 1818, PAR M. F. *DELCROIX*.

La première pièce envoyée à la Société, ne porte point d'épigraphe, et commence par ce vers :

Toi qui reconnaissais le germe des talents.....

Elle nous semble le coup d'essai d'un poëte novice qu'il ne faut point décourager à l'entrée de la carrière, mais qui a besoin de conseils. Il doit songer à mûrir son goût, à régler davantage l'essor de sa verve : ce luxe de feuillage, cette surabondance de jeunes rameaux serait une véritable stérilité pour l'arbre qu'une main habile et sûre ne prendrait pas soin d'émonder. Sa pièce, au surplus, n'est point entièrement dépourvue de mérite ; avec moins de facilité, il fera mieux dans la suite.

9 782329 016535